新雅中文教室

活捉錯語句

宋詒瑞 著

新雅文化事業有限公司
www.sunya.com.hk

總序

我們都知道，原始的建屋辦法，是用一塊塊磚，黏合了水泥砌成豎立的牆，然後一面面的牆才能構成一間屋一座樓房。我們的中文寫作也是這樣：先認識一個個單字（磚），單字能組合成一個個有意義的詞（牆），再把這些詞按照一定的語法規則組合，就成了一個個完整的語句，語句成篇就是一篇文章（房屋）了。

所以我們要先學會單字，了解它們的真正意義；然後再知道哪些單字能相互組成有意義的詞匯，學會了這些詞匯，我們就能造句了。可是，這些詞匯不能胡亂擺放的，句子要有一定的組合規則，不符合規則的句子（病句）會使別人看不懂作者的意思，甚至會產生誤解。

為了提高同學們中文寫作能力，消滅在用字、組詞、造句方面的錯誤，我們特意推出《活捉》系列一套三本——《活捉錯別字》、《活捉錯用詞》、《活捉錯語句》。

在《活捉錯別字》裏，孫家兄弟以《西遊記》中的英雄人物孫悟空為榜樣，學他為民捉妖，與父母聯手從日常生活運用

的文字中捕捉出一個個錯別字，分析人們用錯原因、學習正確用法，這樣是從根本上打好寫作的基礎。假如你在買早點的店舖見到「新鮮麵飽」，在報上讀到「綿花糖」、「除紋平縐」的廣告，可能並不覺得有什麼不對。這是因為有些錯字人們用得太普遍了，成了約定俗成的別字；而有的錯別字在外形和意義上實在太相似了，使你眼花繚亂，一時分不清。書中就會告訴你，這些字錯在哪裏，為什麼錯，應該怎麼用。

後來，孫家活捉文字妖的精神更感動了孫悟空，使他毅然現身投入孫家的活捉活動。他的參加給大家帶來很大歡樂，如何有趣？請看看《活捉錯用詞》和這一本《活捉錯語句》吧！

我們要從單字到詞語到語句，一步步深入來捕捉出同學們平日寫作時容易犯下的錯誤，引導大家正確運用語言文字來表達自己的思想。希望孫家一家四口和孫悟空的努力，能幫助你更認識到中國文字之美，更精確運用中文，把文章寫得更好！

宋詒瑞

二〇二一年一月

目錄

總序 ———————————————————————————— 2

引子 ———————————————————————————— 6

不合語法規則

1 是誰一直在忙着做家務？（句子殘缺）———————— 10

2 樹木可以美麗環境嗎？（混淆詞性）———————— 17

3 先認識了錯誤才能改正啊！（詞序不對）———————— 22

4 我是「因為」，我的搭檔在哪裏？（關聯詞誤區）———— 28

5 小逗號跑足全程，累壞了！（標點符號不規範）———— 36

句子練習 1 ———————————————————— 43

用詞不當

6 聽膩了這麼多的「忽然」和「然後」（重複用詞）——— 48

7 有了「必須」再加「一定」，煩不煩啊？（同義詞太多）— 56

8 猛烈的掌聲會嚇跑演員（搭配不當）———————— 62

9 劫匪團結一致搶劫了珠寶店？（褒貶錯用）————— 67

句子練習 2 ———————————————————— 73

邏輯混亂

10 他的貓比你肥？（對比不相稱）————— 78

11 誰買蛋糕為誰賀生日？（指代不清）————— 84

12 不能穿着外套和絨帽（省略不當）————— 88

13 既然是「估計」，怎麼能「肯定」？（前後矛盾）——— 92

14 打預防針為的是防止不得流感？（負負得正／否定太多）— 97

15 囉囉嗦嗦講了一大堆！（語句累贅）————— 103

16 掌聲好像原子彈爆炸？（比喻不妥）————— 108

17 全級冠軍和全校冠軍，哪個厲害啊？（輕重不分）——— 113

18 麵包牛奶和香蕉蘋果是一家人？（並列不當）——— 117

句子練習 3 ————— 122

受其他語言影響

19 送書給我，還是送給我書？（粵語習慣的影響）——— 126

20 不要用那麼多的「和」與「是」（英語文法的影響）—— 131

句子練習 4 ————— 136

尾聲 ————— 138

參考答案 ————— 140

引子

新年過後，「活捉」隊要恢復活動了。

主席孫爸爸早就告訴了大家：我們已經活捉過日常生活中的錯別字和錯用詞，現在就要乘勝追擊，進一步擴大戰果。

我們用字組成詞語後，就會遣詞造句表達自己想說的意思。但是我們平日說話或著文時，常常有些文句是有問題的，也就是通常說的病句——不合語法規則的、用詞不妥的、邏輯混亂的，這些句子往往就不能準確表達自己想說的原意，甚至會造成誤解。

所以我們捉妖隊今年的活動就要着眼於這些病句，我們要發現病句，找出毛病所在，討論犯病的原因，研究修改方法。這樣，我們就能了解一些基本語法規則，自己也能說出和寫出正確的句子，清楚表達自己的意思。

大家都同意主席的想法，決定由主席擬定每次活捉會的主題，提前告訴大家作準備，每次輪流由一人負責拿出典型病句供

討論，其他人也可提供類似的病句。

　　對這個嶄新的活捉內容，大家都很感興趣。個個摩拳擦掌，準備在新的一年大幹一場。

　　和去年一樣，孫大聖也繼續參加活捉隊活動，他憑着一個筋斗翻十萬八千里的本事，次次可從孫家兄弟的心愛讀物《西遊記》中進進出出，非常方便。

不合語法規則

是誰一直在忙着做家務？

句子殘缺

　　活捉隊的第一次聚會恰巧是在春節過後不久，孫悟空從《西遊記》中蹦出來後，雙手一甩，變出了一些應時鮮果；孫媽媽也捧出了很多賀年糖果，大家好似在開一次小型新年聯歡會，邊吃邊談，其樂融融。

　　主席孫爸爸早就通知了大家，這次的主題是尋找出一些語法成分殘缺的病句，主講是家傑。

　　家傑拿出一張作文紙説：「這是我以前一篇作文中的幾句話，寫家中的情況。」

　　　放學後，我先回到家，後來哥哥也回來了。從媽媽回家的那時起，就一直忙着做家務。

　　媽媽聽了笑了起來，問家傑：「你知道毛病出在哪裏嗎？」

家傑不好意思地回答說：「老師說是後面那句沒有主語。」

媽媽說：「是啊，你前面說你和哥哥都回家了，所以從你所寫的來看，我還以為從我回家的那時起，你們兄弟倆都一直在做家務，要為我分擔工作呢！假如真是這樣，那我真是太高興了！」

爸爸問家傑：「你知道應該怎樣改嗎？」

家傑說：「知道，就是少寫了一個字，應該說成……」

> 放學後，我先回到家，後來哥哥也回來了。從媽媽回家的那時起，她就一直忙着做家務。

孫悟空恍然大悟：「噢，原來奧妙在這裏！少了一個字，意思就會被誤解。」

爸爸説：「是啊，這個字可少不得！沒有這個字，當然我們可以從常理來推想，知道回家做家務的肯定是媽媽，但是因為前面説到哥兒倆都已回家，所以按語法來看，也可能指兄弟倆在幫媽媽做家務。」

家俊説：「還有一個辦法，把前面的『從』字和『媽媽』換個位置，句子也就完整了：媽媽從回家的那時起，就一直忙着做家務。」

「對，你也改得好！」爸爸説，「我們要寫好一個正確的句

子，一定要遵守語法規則。家傑，你在學校已經學到哪些語法知識了？說來聽聽。」

家傑說：「我知道一個句子最主要的成分是有三個：主語、謂語和賓語，也就是說，要講清楚：誰，在做些什麼。要有人、有動作、有接受這個動作的東西。」

爸爸稱讚他：「說得很好！繼續講呀！」

家傑抓抓頭，說：「好像還要用些形容詞什麼的，我就說不清楚了。」

家俊怕爸爸點名要他講，趕快說：「爸爸，你給我們講講吧！」

　　孫悟空也說：「俺也覺得應該給俺的學生們講講造句的規則，但是總覺得講這些很枯燥，怕學生們聽不明白不愛聽。今天要向大師學學應該怎麼講。」

　　爸爸說：「剛才家傑講得並不完全，但是講出了最基本的一點。其實語法並不複雜，無論多麼長的句子，主要就是主、謂、賓三部分，主語是陳述的主體，說明什麼人、什麼東西、什麼事情，一般用表示人或物的名詞，或是名詞短語；謂語是陳述主體是什麼、怎麼樣、做什麼，通常是動詞及形容詞；賓語就是接受動作的部分，常常也是名詞或是一個短語。所以一個句子中不能缺少這三部分，譬如『我吃糖』就是最簡單的主謂賓結構；有些句子單是主謂結構，如『天氣很好』。」

爸爸繼續說：「有時我們說的話聽起來好像沒問題，仔細推敲其實是病句，好比這一句：『聞到一股刺鼻的辣味，使我打了一個大噴嚏。』家俊說說，錯在哪裏？」

家俊重複了這個句子說：「好像沒問題呀，主語不是『我』嗎？」

悟空說：「假如沒有這個『使』字，句子就通了，主語是『我』，聞到一股刺鼻的辣味，我打了一個大噴嚏。但是有了『使』字就不對了，是什麼使得我打噴嚏啊？主語應該是一股刺鼻的辣味了，應該說：一股刺鼻的辣味使我打了個大噴嚏，或者是：我聞到一股刺鼻的辣味，打了個大噴嚏。」

爸爸點點頭：「悟空分析得對。這樣的病句我們常能見到。你們還收集到其他的殘缺句子嗎？」

媽媽說：「有，請看這一句：『森林裏沒人，乾淨和安靜的地方。』」

家傑搶先說：「要加個『是』字！應該說成『森林裏沒人，是乾淨和安靜的地方。』」

爸爸說：「對，謂語裏少了動詞。」

家俊也說了一句：「『同學們積極參加幫助災民的獻愛心』，我總覺得這句話不太對。」

悟空回答：「這句話好像沒有說完，是不是應該說：『同學們積極參加幫助災民的獻愛心活動』？」

爸爸說：「是啊，『獻愛心』是一個活動的名稱，這裏少了賓語。」

悟空追問：「請問大師，那麼句子中除了主謂賓，還有哪些其他成分？」

爸爸說：「今天不要講太多，我們一步步來。記住，下次要活捉的是混淆詞性的句子，大家準備！悟空主講。」

樹木可以美麗環境嗎？

混淆詞性

今晚的會上，孫悟空一開始就興沖沖地說：「上次聽完孫大師講的句子三個主要成分後，俺在語文課上也給同學們講了，他們都能明白，還說很有趣呢！這個星期的作文同學們都寫得通順多了，俺真高興！」

爸爸說：「真是好消息！這說明學生是能接受一些語法知識的，只要我們由淺入深地講解，結合具體句例作分析，可以消滅很多病句。」

悟空接着說：「這次，俺找到了一個很典型的病句，請大家看看！」說着，他打開一本作文簿，讀了一個句子：

> 今年，園丁在公園裏種了很多樹木，這是一件好事，因為樹木可以美麗我們的生活環境。

家傑一聽就笑了：「我知道哪裏錯了，怎麼能說『美麗我們

的生活環境』？應該説『美化』，這個詞我學過。」

媽媽問他：「為什麼不能用『美麗』？能説出道理來嗎？」

家傑搖搖頭説：「道理説不出，等爸爸來吧！」

爸爸説：「這是一個關於詞性的問題。詞性，就是一個詞的語法功能，在句子中能起的作用。漢語中有十二類詞，我們已經知道能用作主語和賓語的名詞、代詞，能作謂語的動詞、形容詞。今天我們不説別的，就悟空這個句子，單説説兩類詞。家

俊，知道是哪兩類嗎？」

　　家俊胸有成竹地大聲回答：「知道，是動詞和形容詞，『美麗』是形容詞，『美化』是動詞。」

　　爸爸讚他：「說得好！形容詞是用來說明事物形狀、性質、顏色、狀態的詞，譬如高、矮、方、圓、紅、白、好、壞，美麗、悅耳、堅硬、勤勞等等，所以它一定在被形容的名詞前面，單字的形容詞直接放在名詞前，譬如：『高』山、『方』桌、『紅』花；多字的或是短語形容詞，通常與助詞『的』一起用來修飾名詞，『美麗的』花朵、『勤勞的』農民、『悅耳的』歌聲、『令人感動的』故事……」

　　家傑問：「那麼『美化』呢？」

　　爸爸說：「『美化』是動詞，動詞是謂語的主要成分，它說明主語的動作、行為、變化、存在等情況，譬如：他『吃』糖，我們『開會』，外面『下雨了』，他『是』主席。謂語通常是由動詞加賓語組成的，所以悟空的這個句子中，應該是說……」

> 樹木可以美化我們的生活環境。

　　悟空說：「或者可以換個說法……」

樹木可以使我們的生活環境變得更美麗。

爸爸説：「對，這是把形容詞『美麗』作為補語來用了，關於補語我們以後再討論。大家再看看，還有什麼混淆了詞性的句子可以拿出來討論？」

媽媽説：「現在流行一種説法，我初聽覺得很不順耳，也覺得很好笑。你們聽：彼得比中國人還中國，老王比日本人還日本。」

大家聽後都笑了起來。爸爸問家俊：「家俊，你說說為什麼好笑？」

家俊說：「這是把名詞當作形容詞來用了，我知道句子的意思是外國人彼得是個中國通，對中國甚至比一些中國人還了解得多；同樣，不是日本人的老王很了解日本，比日本人還厲害。」

爸爸說：「對呀，這是借用名詞來作形容詞了，這是一種文字遊戲，戲謔文字。坊間流行，其實是不符合語法規則的。正規說法應該是：彼得是個中國通，他比中國人還了解中國。」

家傑讀了另一個句子：「這是我同學寫的：『他拿出好幾張他的照相來給我們看。』」

爸爸問：「你覺得錯在哪裏？應該怎麼改？」

家傑說：「我知道『照相』是動詞，這裏要用名詞『相片』或『照片』。所以，應該這樣說：他拿出好幾張他照的相片給我們看。」

爸爸馬上豎起大拇指：「名詞和動詞分得很清楚，說得非常好！」

先認識了錯誤 才能改正啊！

○ 詞序不對

晚上的討論會開始了，主席爸爸說：「我們已經討論過一個句子的主要成分主謂賓，以及形容詞和動詞。今天我們來看看詞語在一個句子中應該怎樣排列，也就是詞序的問題。家俊報名要先發言，來吧，說說你的句子！」

家俊說：「排列詞序的練習，我們從一年級就開始做了。一個題目中給好幾個打亂了次序的詞語，要我們排列成一個正確的句子。大部分我都會做，但有時也會做錯。請看我以前做錯的這句……」

> 父母的講解，使我改正並認識了自己的錯誤。

爸爸問家傑：「你看這句話的詞序對不對？」

家傑說：「好像沒有錯啊！」

「看看兩個動詞的位置對不對？」媽媽啟發他。

「哦，『改正』和『認識』……對了，應該先認識了錯誤才能改正！」家傑恍然大悟，「應該這樣說……」

父母的講解，使我認識並改正了自己的錯誤。

爸爸說：「是啊，這兩個動詞有着發生時間先後的不同，所以不能顛倒。這個情況在我們運用一連串定語來修飾名詞時也常常會遇到。」

家傑說：「有，我這裏有這樣的例子……」

> 我們很榮幸請到了一個國家隊的優秀的有多年工作經驗的男排球教練來訓練我們。

「哇，這麼多詞語作定語來修飾這位教練！應該怎麼排列啊？」悟空問。

爸爸說：「這裏就有一些規則要遵守，通常修飾語的排列次序應該是範圍從大到小、語義從重要的到次要的、從強到弱、從專門的到一般的。悟空，你來試試看！」

悟空想了一想說：「是不是應該這樣……」

> 我們很榮幸請到了國家隊的一個有多年工作經驗的優秀的排球男教練來訓練我們。

「很好啊！就是應該這樣：國家隊的級別是最重要的，要在最前面；次要的是多年工作經驗，然後是一般的形容詞，男女性別屬於更小的範圍，所以可以不加助詞『的』字放在最後。」爸爸說。

媽媽說：「我也收集到一些句子，請看這句：王先生辛苦地在香港和上海兩地成年累月奔走經商。知道問題在哪兒嗎？」

家傑搖搖頭說：「這麼長的句子，聽着就頭暈了！」

爸爸說：「這是狀語詞的排列問題了。狀語是動詞、形容詞前面的修飾語，排列時也有一些規則要遵守的：通常是先說時間、地點，再說方式。修飾動詞的形容詞要直接放在動詞前面，家俊，你試試修改！」

家俊一字一板地唸了出來：「王先生成年累月在香港和上海兩地辛苦地奔走經商。」說到「辛苦地」時，他特地在紙上寫下了「地」字。

「很好，」爸爸説，「你還知道修飾動詞的形容詞要用助詞『地』字。」

家傑搶着説：「這個我也知道，形容詞在名詞前面要加『的』，在動詞前面要加『地』，兩個字的粵語讀音相近，不能搞混。」

悟空翻開自己的筆記本説：「俺那裏的學生還常常寫出這樣的句子來：『我將來希望長大了能做什麼什麼』，俺覺得這個『希望』應該放在前面，是『希望將來長大了能做什麼什麼』。俺這麼説對嗎？」

「對呀，不是將來才希望，是現在希望。」爸爸説。

家俊説：「我這裏還有一個句子，到現在我還不知道錯在哪裏：上台表演對我不感興趣。」

家傑把這個句子也重複唸了一遍，想了一會兒，説：「是啊，好像沒錯啊！」

爸爸說：「這是把主語和賓語的位置對調了。應該說：我對上台表演不感興趣。上台表演這件事是賓語。」

「還有，學生往往把數量詞放錯地方，譬如：兩個姐姐的同學到我家來玩。」悟空又說。

「大家看，詞序不同意思就不同，詞的位置放錯了就有可能使人誤解。這句話可以理解成有兩個姐姐，她們的同學都來我家。如是『姐姐的兩個同學來我家玩』，那就很清楚了。」爸爸說。

「我們做過這樣的練習：不很好、很不好，意思很不同。」家傑說。

「了不得、不得了，意思更是天差地遠了！」家俊說。

「還有：讀書好，好讀書，讀好書……」媽媽說。

「俺那裏的小猴們最愛一邊玩蹺蹺板一邊唱：蹺蹺板，板蹺蹺，翹板翹，翹板好……這也是詞序的顛倒吧？」悟空說。

哈哈哈！「活捉」會在笑聲中結束。

我是「因為」，
　　我的搭檔在哪裏？

關聯詞誤區

　　主席孫爸爸早就發出通知説，這周的活捉會主題是關聯詞誤區。大家來開會時，都説：這個主題的範圍真廣，捉到好多有毛病的句子呢！

　　孫悟空首先提出一個要求：「主席，能不能請你先把關聯詞介紹一下，再說說通常是哪些方面會出錯，這樣俺們可以有的放矢地提供病句討論。」

　　大家都說這樣好，於是爸爸就首先發言：

　　「關聯詞是用在複句中的。複句就是兩個或兩個以上意義密切相關的分句組合在一起的句子，也叫關聯句。這些分句之間要有關聯詞把它們連接起來，這樣句子才順暢，才能清楚表達一個完整的意思。我們常用的關聯詞多是兩個詞為一組的，表達各種不同的意思，現在我要大家來說說看：譬如最常用的表示假設的關聯詞有哪些？」

「如果⋯⋯就⋯⋯、要是⋯⋯那麼⋯⋯、假如⋯⋯便⋯⋯、倘若⋯⋯就⋯⋯」大家七嘴八舌說了一大堆。

「表示轉折意思的呢？」

「雖然⋯⋯但是⋯⋯、儘管⋯⋯還是⋯⋯、即使⋯⋯也⋯⋯、雖然⋯⋯然而⋯⋯」

「表示條件的關聯詞呢？」

「只要⋯⋯就⋯⋯、只有⋯⋯才⋯⋯、無論⋯⋯都⋯⋯、不管⋯⋯也⋯⋯」

「還有很常用的表示因果關係的⋯⋯」

「因為⋯⋯所以⋯⋯、由於⋯⋯因此⋯⋯、之所以⋯⋯是因為⋯⋯」

爸爸說：「大家都講得很好，關聯詞還有很多呢，還有表示遞進的、並列的、選擇的⋯⋯等等。這些相信你們都已經看得很多，也用得很多了。」

家傑說：「是啊，我們從一年級起就學習用這些詞來造句了，今天聽爸爸這麼一講，才知道關聯詞、關聯句、複句這些名稱。」

爸爸繼續說：「我們平時在說話和寫作時都很廣泛使用這些關聯詞，所以也往往出錯。常見的錯誤有：每組的關聯詞搭配不

對、或是只用了一半、或是根本沒用關聯詞。今天大家可以就這幾個方面拿出一些病句來討論。」

家傑首先發言：「我這裏有個句子：『哥哥真是個好學生，學習成績好，肯幫助別人。』這裏沒有用關聯詞，我覺得也可以呀，說得通，意思也明白。」

爸爸笑道：「好，家傑首先來個挑戰——不用關聯詞行不行？大家說呢？」

悟空把句子重複唸了一遍：「好像是可以，但是聽起來總覺得似乎少了些什麼。」

爸爸說：「悟空，你覺得好似少了些東西，那麼請你加上關聯詞，看看有什麼不同。」

悟空不假思索就說：「可以說：『哥哥真是個好學生，不但學習成績好，而且肯幫助別人。』前面要用『不但』，後面可以改用『還』或者『也』。」

爸爸對大家說：「那麼，請大家比較一下這兩個句子，感覺

有什麼不同？」

　　大家都輕聲唸了這兩句，家俊笑道：「聽起來倒是有些不同：家傑那句就是在說兩種情況——學習好、肯助人。但是大聖那句加上了關聯詞就好像把這兩件事連接起來了，成績好的學生不一定肯助人，這個好學生不僅自己學習好，還能幫助人，意思就深一層了。」

　　爸爸說：「你的感覺很對呀！這個句子用了表示遞進關係的關聯詞，意思就完整了，就是稱讚這個好學生在兩方面的表現都

很優秀。這樣，關聯詞不單單明確表達了全句的原意，聽起來也舒服得多。」

家傑說：「所以我們要學習用關聯詞！」

爸爸繼續說：「而且，有時如果不用關聯詞，語義可能就不同，你們聽聽這句：『你的工作符合你的興趣，做得很開心。』你們覺得這是在說哪種情況呀？」

媽媽說：「『如果你的工作符合你的興趣，就會做得很開心。』是假定式的，這是我們大家都希望的。」

爸爸說：「也可能是在說目前的情況呀──因為你的工作符合你的興趣，所以做得很開心。還可以用表示條件關係的關聯詞──只要你的工作符合你的興趣，就能做得很開心。」

家傑笑道：「咦，真的是幾種情況都可能的！」

爸爸說：「由此可見關聯詞很重要，不能少了它。」

悟空說：「俺的學生們在運用關聯詞造句的時候，往往只用了一半，譬如這幾句：『因為下雨了，我不去游泳。』、『外面下雨了，我還是去游泳。』、『我寧可餓死，不吃這種毒果子』。大師，你看這樣可以嗎？」

爸爸說：「家俊，你對關聯詞的感覺很對，能不能回答這個問題？」

家俊回答說：「聽起來好像還可以，但是如果加上了另一半關聯詞效果會更好：『因為下雨了，所以我不去游泳。』、『儘管外面下雨了，我還是去游泳。』、『我寧可餓死，也不吃這種毒果子。』對嗎？」

爸爸很高興：「看來家俊已經學會了運用關聯詞了！對，第一句是因果關係，『因為、所以』是最佳搭配；第二句要用表示轉折關係的關聯詞，加上『雖然』或『儘管』，全句就完整，也有強調的作用；但是這兩句有時可以省略前面的關聯詞『因為』和『雖然』，後面的不能省。第三句是選擇性的，『寧可』後面那句一定要用『也不』。同一組關聯詞要全部用出來，意思才完整，聽起來也通順、流暢。」

　　悟空説：「還有，學生們常見的問題是把一組關聯詞搭配錯了，譬如：『只有我們用功讀書，而且會取得好成績。』、『如果大家齊心合作，都會把事情辦好。』關聯詞應該用『只有……才……』、『如果……就……』。」

　　爸爸説：「這種搭配錯誤是因為語感不強，對關聯詞還不能得心應手地運用，只要多看書，就能熟練掌握這些常用的關聯詞了。」

　　今天的活捉會開得很久，但是大家都很盡興，覺得學到了很多東西。

小逗號跑足全程，累壞了！

標點符號不規範

今次活捉會的主題是關於標點符號的使用，主講孫悟空。悟空一個筋斗翻出來後興奮地說：「俺的學生都不太會用標點符號，用錯的例句不少，今天俺都帶來了。」

孫爸爸說：「標點符號的使用是漢語語法的一個部分，它能幫助書面文字記錄語言，表達停頓、語氣、詞語的性質和作用。所以正確使用標點符號是很重要的。」

家俊問道：「是不是古人寫文章不用標點符號的，到了現代才有？」

「這話說對了一半，」爸爸說，「秦朝時的文章已經有標點了，但那是很簡單的，和現在我們用的不同。而且很多古人寫文章是不用什麼標點符號的，這樣給人們的閱讀和理解帶來一些困難。直到1920年才在上海出版了第一本帶標點符號的白話文著作，標點符號的使用對推廣白話文起了很大的作用。」

媽媽說：「記得有個清朝人記述了一段有趣的事：一個吝嗇

的主人不想留客人住宿，寫了一句話給客人看，客人巧妙地運用標點符號就把意思完全反轉了過來。你們知道這個故事嗎？」

悟空說：「俺沒聽說過呀，請講！」

媽媽在白紙上寫下了幾個字：「下雨天留客天留我不留」，問道：「誰能把主人和客人的意思標出來？」

兄弟倆和悟空在紙上比畫了好久，只能標出主人的那句：「下雨，天留客；天留，我不留。」都說請媽媽公布答案。

媽媽標出的是：下雨天，留客天，留我不？留！

大家看了大笑，都說想不到是這樣的！

爸爸說：「這個笑話中就能看出句號、逗號、分號、問號、感歎號這五種標點的作用。家傑，考考你，句號表示什麼？」

「這容易，句號表示完整的一句話說完了，意思表達清楚了。」

「逗號呢？」

「逗號用得最多了，表示停頓。一個句子很長，中間要斷開，要有停頓。」

「那麼，分號呢？」爸爸繼續問。

「分號……我不太會用。」家傑說。

悟空也說：「分號很難用，俺的學生都不用的，請大師講講什麼情況下用？」

爸爸在紙上寫了一個分號（；）說：「分號是用在結構相同的並列或對比的分句之間的，譬如剛才的『下雨，天留客；天留，我不留。』前後兩個分句對比『天留客』和『我不留』，中間要用分號隔開。」

悟空說：「俺學生寫的句子：『男生長得高，坐在後面幾排，女生比較矮，坐在前面兩排』，『桃子很軟，老奶奶最喜歡吃，核桃很硬，小猴子愛用來邊玩邊吃。』這樣兩句都應該用分號的吧？」

「對呀，」爸爸說，「這兩句的兩個分句都有對比意思，結構是相同的。中間的逗號應該改成分號。剛才的笑話中還有問號和感歎號，這兩種是常用的，問號表示疑問、反問，感歎號表達比較強烈的情緒或是命令和請求，用法比較簡單。」

悟空說：「是的，問號、感歎號，還有表示說話用的冒號、

引號等學生一般都會用。他們常常忘記用的是頓號，有些學生會寫成：『蜜桃，奇異果，香蕉，梨，蘋果，都是我們花果山出產的美味水果。』」

家俊說：「這個很明顯，這些水果名稱後面都應該用頓號，不是逗號呀！」

爸爸說：「不僅是這些連用的表示同類物品的字和詞，甚至一些並列短語短句之間都要用頓號，譬如：『母愛是一種不計代價、不求回報、沒有任何條件的愛』。」

家傑舉手說：「我常常犯的錯是寫作文時想寫得快點，一開了頭就不管什麼情況一律用逗號來分隔句子，一直用到一段寫完，用句號來結束。」

悟空笑道：「你跟俺的學生一樣，聽聽這一段……」

　　今天媽媽叫醒我的時候，我還在做夢呢，已經是八點鐘了，我急急忙忙吃了些早餐，就向學校跑去，還好只差一分鐘就上課了，沒算遲到，上課的時候我還有些迷迷糊糊，好像還沒有從夢中醒過來。

媽媽説：「這段文字中間有三處應該把逗號換掉。讓小小的逗號跑足全程，真是累壞它了！可以這樣寫……」

　　今天媽媽叫醒我的時候，我還在做夢呢！已經是八點鐘了，我急急忙忙吃了些早餐，就向學校跑去。還好只差一分鐘就上課了，沒算遲到。上課的時候我還有些迷迷糊糊，好像還沒有從夢中醒過來。

　　時間不早了，最後爸爸説：「我再説個關於標點符號的笑話吧！古時有個吝嗇的財主請了個老先生來家教兒子讀書，老先生寫了一句話：『無雞鴨也可無魚肉也可工錢少一分不要』。財主看了很滿意，給老先生天天吃青菜蘿蔔，不給工錢。老先生跟他

講理說，財主拿出紙條唸道，你不是說『無雞鴨也可，無魚肉也可，工錢少，一分不要』嗎？老先生生氣地說：我的意思是『無雞，鴨也可；無魚，肉也可；工錢，少一分不要』。你們看，標點符號的位置不能放錯，不然會造成誤解。這裏分號的使用也是很典型的。」

大家都說很有趣。悟空把這句話寫了下來，說：「俺把這兩個笑話講給學生聽，他們一定喜歡！」

句子練習 1

1. 在空格內填上適當的關聯詞，使句子意思完整。

(1) ☐ 他很喜歡吃菇，☐ 大家都叫他冒險菇。

(2) ☐ 是很小的壞事，我們 ☐ 不能去做。

(3) ☐ 我們長得多大，母親 ☐ 把我們看作沒長大的孩子。

(4) 他 ☐ 做功課，☐ 聽音樂。

(5) ☐ 我們這次贏了比賽，☐ 還有很多需要改進的地方。

(6) ☐ 大樓發生火災，我們 ☐ 不能乘坐電梯下樓。

(7) 校長 ☐ 管理全校的工作，☐ 兼教常識科。

(8) 這種水果 ☐ 好吃，☐ 有營養。

(9) 他每次出門 ☐ 忘帶電話，☐ 忘帶鑰匙。

2. 下面每組的兩個句子中哪一句是正確的？在適當的括號裏加 ✓。

(1) A. 鴨子的腳蹼上有油脂，所以能浮在水面上。 （　　）

　　 B. 鴨子的腳蹼上有油脂，所以牠們能浮在水面
　　　　 上。 （　　）

(2) A. 全班學生非常專心地聽取老師的講解。 （　　）

　　 B. 全班學生非常專心地聽取。 （　　）

(3) A. 我家離學校走五分鐘就到了。 （　　）

　　 B. 我家離學校很近，我走五分鐘就到了。 （　　）

(4) A. 他的演講告訴我們，宇宙科學是一門很重要
　　　　 的學問。 （　　）

　　 B. 從他的演講告訴我們，宇宙科學是一門很重
　　　　 要的學問。 （　　）

(5) A. 他北京人，三歲就來香港讀書了。 （　　）

　　 B. 他是北京人，三歲就來香港讀書了。 （　　）

(6) A. 他是個十分好動和好奇心很強的孩子。 （　　）

　　 B. 他是個十分好動和好奇心很強。 （　　）

(7) A. 表哥很智慧，遇到問題都能想辦法解決。 （　　）

　　 B. 表哥很聰明，遇到問題都能想辦法解決。 （　　）

3. 試為下面一段文字加上合適的標點符號，填在空格內。

這個星期六爸爸媽媽都不用上班 ⬭ 就帶我

們去公園玩 ⬭ 公園分南北兩部分 ⬭ 南部的

景色很美 ⬭ 有荷花池 ⬭ 六角涼亭 ⬭ 九

曲橋 ⬭ 賞月平台和牡丹園 ⬭ 北部是兒童遊

樂場 ⬭ 裏面有各種新穎的設施 ⬭ 吸引着很

多孩子在玩 ⬭ 妹妹一見就叫道 ⬭ ⬭ 我

也要去玩 ⬭ ⬭ 她一頭絮了進去 ⬭ 一直

玩到傍晚才依依不捨地離開 ⬭

用詞不當

聽膩了這麼多的「忽然」和「然後」

重複用詞

今晚，主席爸爸在會議一開始就說明：「我們前幾次會上主要談的是怎樣改正一些不合語法規則的句子，今天開始，我們要看看在句子中用詞不當的問題。去年我們已經花費了很多時間談用錯詞的病句，那些病句主要是因為一些字詞相似或是誤解了意思而造成的。這次我們轉了重點，着重在修辭，我們要找出哪些句子在修辭方面有問題，如何改正。修辭好，文章就美。今天是由孫媽媽主講句子中重複使用同一詞匯的事。她講後大家可以補充例句，展開討論。」

孫媽媽說：「我這裏搜集到小學生的兩段作文，他們犯了同樣的毛病，請聽我讀一下……」

學生甲寫的故事中的一段：

　　大象來到小河邊，突然聽見小白兔在哭⋯⋯原來有一條大蛇突然向白兔衝過來⋯⋯大象為了保護白兔，勇敢地迎上前去。突然，大蛇用尾巴向大象掃了過來⋯⋯

學生乙寫的童話中的一段：

　　白雪公主在和一隻鳥兒唱歌，忽然，一位紳士走到她的面前，忽然，那個紳士對她說要和她結婚⋯⋯忽然，白雪公主嚇得暈倒了⋯⋯

　　媽媽問：「你們聽起來覺得怎麼樣？」

　　家傑首先發表意見：「第一段裏太多『突然』，第二段裏太多『忽然』不好聽，聽起來覺得刺耳。」

　　孫悟空說：「是啊，學生作文常常這樣。俺看這是因為他們知道的詞匯太少，所以不停使用同一個詞。」

爸爸説：「悟空説對了，學生掌握的同義詞或近義詞太少，寫作文時就沒得選擇，只好重複使用最常見的詞。我們來看看，剛才的兩段文字中反復使用的都是表示時間短促、事情發生得很快的意思，那麼，除了『突然』、『忽然』之外，還有哪些同義詞或近義詞可以用來替代它們呢？」

家俊邊想邊説：「我們還可以用一眨眼、一瞬間、一刹那、飛快地、忽然間、意料之外……」

「好，你知道很多啊！」爸爸説，「那麼，請你來修改第一段吧！」

家俊拿起媽媽帶來的那張作文紙，邊看邊修改讀道：

> 大象來到小河邊，突然聽見小白兔在哭……原來有一
> 飛快地
> 條大蛇 突然 向白兔衝過來……大象為了保護白兔，勇敢地
> 迎上前去。 突然， 大蛇用尾巴向大象掃了過來……
> 哎呀，想不到

大家鼓掌稱讚家俊改得好。家傑舉手，自告奮勇要修改第二段。

白雪公主在和一隻鳥兒唱歌，真想不到｛忽然｝，一位紳士走到她的面前，忽然，那個紳士對她說要和她結婚……｛忽然｝這真是太突然了，白雪公主嚇得暈倒了……

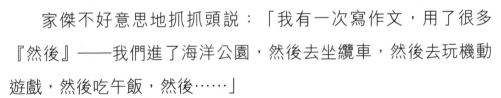

爸爸笑道：「你改得很有創意，保留了『忽然』，也用了『突然』，顯示了這兩個詞具有稍微不同的意思。非常好！」

媽媽也誇道：「是啊，經過他們這樣一改，聽起來就順耳得多，文辭也美了。」

家傑不好意思地抓抓頭說：「我有一次寫作文，用了很多『然後』——我們進了海洋公園，然後去坐纜車，然後去玩機動遊戲，然後吃午飯，然後……」

悟空說：「對，俺的學生也喜歡用一連串的『然後』。」

爸爸問家傑：「你現在知道嗎？可以用哪些詞來代替『然後』？」

「現在知道了一些表示先後次序的詞：首先、然後、其次、接着、下一步、緊接着、跟着、最後……等等很多呢！」家傑說。

孫悟空拿出幾張紙來，説道：「俺的學生寫作文時常常不太會用代詞，你們聽聽……」

從前有一個小鎮，名叫漂亮的小鎮，這個漂亮的小鎮有很多神奇的事物，所以每天有很多人來到漂亮的小鎮參觀，都説這個漂亮的小鎮真是一個漂亮的小鎮……

「啊呀呀，真是太囉嗦了！」家俊説。

「是的，所以俺把它改成這樣……」孫悟空緩緩説道。

> 從前有一個小鎮，名叫漂亮的小鎮，這個漂亮的小鎮^{鎮上}有很多神奇的事物，所以每天有很多人來到漂亮的小鎮參觀，都説這個漂亮的小鎮真是一個漂亮的小鎮……_它

爸爸説：「改得好！不用重複地説漂亮的小鎮，有時可以用代詞『它』或指示代詞『這、那』，有時單用『小鎮』就可以了。」

媽媽又説：「還有的學生不會用人稱代詞來替代名詞，聽起來也很彆扭，譬如……」

冒險家被困在山洞裏出不去了，幸好冒險家遇到了一位熱心的姑娘，冒險家和姑娘一起生活，姑娘成了冒險家的妻子……

悟空笑道：「一個代詞也沒有，反復地寫冒險家和姑娘，不覺得累嗎？」

家俊説：「我來改！」

冒險家被困在山洞裏出不去了，幸好 ~~冒險家~~【他】遇到了一位熱心的姑娘， ~~冒險家和姑娘~~【他們】一起生活，姑娘成了冒險家的妻子……

　　媽媽説：「對，就是要這樣改！還有的學生只用代詞，説了好久不出現名詞，讓人摸不着頭腦，不知説的是誰。聽聽：他們只能去很遠很遠的森林，他們也只可以去那裏。他們飛了很久很久還沒到，他們很失望……」

　　家傑説：「看起來好像是説一羣鳥。」

　　「對，一開頭是説一羣鳥在搬家，但是中間也不能一口氣用了這麼多的『他們』，時不時應該用『這羣鳥』或是『大家、鳥兒們』這類的詞。」媽媽説。

　　爸爸總結説：「所以我們寫完文章要從頭到底再看一遍，最好自己讀一次，就能發現哪些句子不順耳，出了什麼問題，自己就能及時改正，文章是越改越好的。」

　　悟空説：「大師説的這一點很重要，俺要記下來，回去一定告訴學生。」

有了「必須」再加「一定」，煩不煩啊？

同義詞太多

　　這一晚照例開活捉會，主席孫爸爸說：「今天我們討論的也是用詞太囉嗦的問題，但是與上次的內容不同。上次是說一個句子中同樣的一個詞語用得太多，讓人聽膩了；這次呢，我們要捉出把兩個或兩個以上相同意思的詞語不必要地放在一起用的句子，這樣的句子中詞語意思重複，使得整句變得臃腫不簡潔，所以也是病句。」

　　家傑問道：「也就是說，句子中同義詞或近義詞用得太多了，是嗎？」

　　爸爸點點頭，對家俊說：「今天是你主講啊，把句子拿出來吧！」

　　家俊說：「有，我這兒很多呢！有些是我自己的，有些是同學的。譬如這兩句：『大會上大家都全體一致通過了這個提議』，『這個村子大約有二百戶左右人家』。」

家傑說：「聽起來沒什麼問題呀？是病句嗎？」

爸爸說：「別忘了今天會議的主題呀！我們請大聖老師來批改吧！」

悟空說：「好，俺就不客氣了！第一句裏，『大家都』和『全體一致』意思重複，可以說『大家都通過了這個提議』，或是『全體一致通過了這個提議』就可以了。」

家俊說：「是不是也可以這樣說：『全體』和『大家』、『都』和『一致』是近義詞，可以省去任何一個，說『全體通過了、大家通過了』，或是『一致通過了、都通過了』就夠了。」

媽媽補充說：「其實那個『都』和『大家』也是多餘的，可以省略。『大會一致通過了這個提議』，不是更好嗎？」

大家都點頭同意媽媽的句子，爸爸說：「你們三人說得都對，悟空說的是兩個同義短語的重複；家俊把短語分拆開來，說的是兩個同義名詞和兩個副詞的重複。媽媽的句子把『大會』作主語，就省略了『大家』和『全體』這兩個名詞，句子就非常簡明扼要。」

悟空接着說：「第二句呢，用了『大約』這個不定詞，後面又說『二百戶左右』，『大約』和『左右』兩詞中只用一個就夠了。」

爸爸說：「是的，這個句子比較簡單，我們在說不定數目時，用『大約、約莫、左右、上下、估計……』這類的一個詞就可以了。」

家傑說：「我在超市見到這樣的句子：『一次購物超過六十元以上，就可以有一次抽獎機會』，我覺得有了『超過』就不需要再說『以上』了。對嗎？」

媽媽誇他：「這個句子捉得好！」

家俊說：「我這兒還有幾句……」

- 我們必須一定要在月底編好這份壁報。

- 他自己一個人自言自語地說着……

家傑搶着回答：「這裏很明顯：有了『必須』，還來個『一定』，煩不煩哪！有了『自言自語』，就不用說『他自己一個人』了！應該這樣說……」

- 我們必須在月底編好這份壁報。
  我們一定要在月底編好這份壁報。

- 他自言自語地說着……

爸爸笑道：「這位小老師批改得好！」

家俊說：「有一個句子我想拿出來和大家討論討論，因為我

自己也搞不清楚。請聽⋯⋯」

> • 他這次考試不及格的原因，是因為考試前沒有好好
>   複習。
> • 他這次考試不及格的原因，是考試前沒有好好複習
>   所造成的。

家俊接着説：「我覺得第一句好像沒問題，第二句就不太通，但是説不出道理。」

爸爸説：「這兩句話很有意思，值得思考，請大家發表意見。」

大家想了一會兒，悟空説：「俺來評論第一句。前面的『原因』和後面的『是因為』重複了，應該説『他這次考試不及格，是因為考試前沒有好好複習』，或是『他這次考試不及格的原因，是考試前沒有好好複習』。」

媽媽説：「第二句裏，最後的『所造成的』是多餘的，有了它，句子反而不通了。考試不及格的原因就是沒有好好複習，不是『沒有複習』造成了原因。」

家傑説：「我怎麼越聽越糊塗了，不明白！」

爸爸笑道：「是有點複雜。媽媽的意思是這句話應該這樣說：『他這次考試不及格的原因，是考試前沒有好好複習』就夠了，或是說『他這次考試不及格，是考試前沒有好好複習所造成的』。『沒有好好複習』原本就是考試不及格的原因，不是它造成了另一個原因，才導致考試不及格。」

家傑說：「嘩，今天討論得很深奧啊，想不到有些看來通順的句子有那麼多問題！」

悟空高興地說：「這樣才好啊，俺們討論得越深入，學到的東西就越多啊！」

猛烈的掌聲會嚇跑演員

搭配不當

　　活捉會開始了，主席爸爸説：「今天我們還是來談談造句中的用詞。上兩次我們都捉出了一些用詞重複的病句，今天我們進一步來看看詞語搭配的問題。我們在句子中往往用一些形容詞來修飾名詞、一些副詞來形容動詞，或是動詞後面連上賓語，這些都是完整句子中不可缺少的部分，它們的搭配必須恰當，這是寫作的修辭要求。來，家傑，説説你的活捉戰果！」

　　家傑説：「我找了一些我們作文中被老師修改了的句子，看看是否符合我們今天討論的主題。瞧，我曾經寫過這樣一句：玉玲一曲唱完，禮堂裏響起了猛烈的掌聲……」

　　家俊噗地一聲笑了出來：「天哪！你們的掌聲這樣猛烈，會把演員嚇跑的！」

　　爸爸説：「這就是形容詞和被修飾的名詞搭配不恰當的例子。家俊，你説説，通常我們用什麼詞語來形容掌聲？」

　　家俊説：「通常都是説『熱烈的掌聲、暴風雨般的掌聲』，

也可説『掌聲雷動、掌聲震耳欲聾』……」

爸爸説：「説得很好，這就是恰當的搭配。一般是説掌聲很熱烈，後面的幾種形容是誇張性的修辭手法，但已經約定俗成了，是大眾普遍接受的。」

「那麼，『猛烈』一般用在什麼地方呢？」家傑問。

悟空插嘴解釋説：「俺的理解是『猛烈』着重在力度很大，譬如摔跤比賽中猛烈的一擊、打仗時猛烈的進攻、十級颱風的風勢很猛烈……」

爸爸稱讚説：「悟空老師講得很好。不同的名詞要有恰當的形容詞來形容的。」

家傑説：「我這裏還有好幾句呢！看看這兩句：『經過一個星期的努力，我們終於達到了老師交給我們的任務』，『我們這樣做，是發展了香港的獅子山精神』。」

家俊説：「再讓我來修改吧！第一句應該用『我們終於完成了……任務』，或是『達到了……目標』，不能説達到了什麼任務的。第二句呢，我覺得不能説發展了什麼精神的，通常好像是用發揚，發揚了獅子山精神。我説得對嗎？」

孫悟空豎起大拇指，誇家俊説得對。

爸爸説：「這兩句都是動詞後面搭配的賓語不對，或者説是用錯了動詞。任務，是指定要你做的某項具體工作、要你擔負的責任，你若是做好了這事，動詞就要用『完成』；而『達到』通常是指能到了一定的標準、程度，指比較抽象的事物，如達到什麼樣的水平或標準，達到一個什麼目的。」

家傑點點頭，表示明白了。

爸爸請媽媽來修改第二句。媽媽說：「我們不能『發展精神』，『發展』是指事物由小變大、由簡單到複雜、由低級到高級的變化，也指一個組織或機構的擴大，比較具體，譬如自然界的發展規律、公司業務的發展；而『發揚』，則是指某種優良的精神或是傳統的傳承、光大，比較抽象。所以這裏應該說『發揚了獅子山精神』。」

家傑說：「媽媽講解得很清楚。我這裏還有一句也是我以前

作文裏的：經過老師和同學們的幫助，我改進了自己的錯誤。」

悟空睜大雙眼問家傑：「啊？你怎麼改進錯誤的？把錯誤改得更加錯？」

大家也笑了。爸爸說：「這也是用了不恰當動詞的例子。應該是改正錯誤，『改進』是把事物變得更好、更有進步，你改進了錯誤不是錯得更嚴重了嗎？」

家傑訕訕地笑着說：「那次是我寫錯字了呀！」

家俊向他扮了個鬼臉，意思是什麼？——不相信你的鬼話！

劫匪團結一致
搶劫了珠寶店？

活捉會又到了，主席爸爸說：「我們在提筆著文時，為了把意思表達得更清楚些，或是讓自己的描述更生動些，往往運用一些形容詞。形容詞是表示人或事物的形狀、性質或者動作、行為、發展變化的狀態的詞。但是我們在用詞時要注意：有些詞有褒貶之分，也就是說有些是正面的，有些是負面的；褒義詞帶有讚揚和好的意思，貶義詞卻是表示不贊成和壞的意思。用得不對就不恰當了。今天讓媽媽來主講吧！」

媽媽打開一個小本子說：「有一次，我和一個女孩每人輪流講一句，一起編一個故事，故事內容是說一條蟒蛇要吞食一隻小兔，大象見義勇為，與蟒蛇搏鬥救了小兔……」

家俊説：「接龍講故事，這種形式很有趣啊！」

媽媽説：「是啊，我和女孩都玩得很投入。女孩的創意不錯，內容和主題都是她建議的。她每次都接得很快，語句很恰當。但是後面這一段卻出現了問題，你們聽聽……」

蟒蛇再次奮起進攻，受傷的大象不死心，再次衝了上去，和蟒蛇扭成一團，大象累得氣喘吁吁，蟒蛇卻越戰越猛……

家傑説：「我聽糊塗了，究竟誰是壞的、誰是好的呀？」

悟空大笑：「這女孩大概忘了她自己建議的故事主題，好壞不分了。」

爸爸請悟空分析和修改一下。

悟空説：「按照一開始設計的故事原意，要吃小兔的蟒蛇當然是壞的，大象要保護小兔，肯定是好的。女孩用了『奮起進攻、越戰越勇』這些褒義詞來形容蟒蛇就不合適了；同樣的，説大象受傷了還『不死心』、累得『氣喘吁吁』也不妥。『不死心』是貶義詞，用在做壞事不成功還不罷休的壞人；『氣喘吁吁』應該是中性詞，可以用在好人壞人，但是在這裏形容在奮戰

的大象就損害了牠的形象。」

爸爸問：「你會怎樣改動呢？」

悟空想了一下説：「這樣寫是不是好些……」

> 蟒蛇不死心，再次發起進攻，受傷的大象毫不懼怕，勇敢地衝上去抵擋。大象和蟒蛇扭成一團，大象越戰越勇，蟒蛇累得氣喘吁吁，漸漸敗下陣來……

大家鼓掌稱讚悟空改得好。爸爸説：「對呀，把這些褒貶詞調換了位置，才合適了。我們用詞要符合人物的身份啊！」

媽媽説：「我還親耳聽見過一個典型的用錯褒貶詞的例子：

有一次，我們公司組團去外地旅遊，領隊是一位姓李的年輕人，他把一切都安排得非常好。歸途的車上，有一位黃太就誇他説：『小李啊，我看你很狡猾，再難的事你也能處理得很好。』大家聽了都笑了起來，她的丈夫就説：『太太，你用詞不當啊，應該説小李很聰明很機靈，能把事情都處理好。』那位黃太趕快道歉説：

『喔，對不起，我說錯了，小李，你不是狡猾，是很圓滑！』她這麼一說，全車的人笑得更厲害了。」

爸爸說：「的確很好笑，這位黃太分不清褒貶詞，可能她看書看得太少。」

「還有一個更可笑的例子呢，」媽媽說，「有一個孩子的作文裏寫道……」

這兩個劫匪配合默契、團結一致成功搶劫了一家珠寶店……

家俊忍不住叫了起來：「天哪，他還很佩服劫匪呢！」

悟空説：「對劫匪，無論他們搶劫得多麼成功，也不應該用這樣的褒義詞來誇他們的所作所為。」

家傑問：「那麼，假如要敍述兩個劫匪搶得很成功，應該怎麼説呢？」

悟空説：「假如俺來寫，俺就説⋯⋯」

看來這是兩個慣匪，他們密切配合，僅在五分鐘內迅速搶劫了這家珠寶店，掠走了大約價值一百萬的珠寶，還兇殘地打傷了店員⋯⋯

家俊笑道：「大聖，你還很有創意呢！」

爸爸説：「悟空用詞很講究，『密切配合、迅速』是中性詞，在這裏用是合適的。」

媽媽説：「我這裏還有最後一句：班長的做法不對，大家提了很多意見，但是他還是堅強地做下去。」

家傑搶着説：「這個我知道，『堅強』是褒義詞，不能用在這裏，應該説：『他還是固執地、頑固地堅持自己錯誤的做法』。」

家俊說：「可以用一句成語：固執己見。爸爸常常頑固地堅持自己的看法，媽媽就說他固執己見。」

「哈，說到我頭上來了！」爸爸說，「應該這樣說：『爸爸常常堅定地捍衛自己正確的觀點』！對爸爸要用褒義詞！」

會議在一片笑聲中結束。

堅定

固執

句子練習 **2**

1. 選出適當的詞語，填在括號裏，使句子意思完整。

(1) **嚴厲、嚴格**

我們學校有（ ）的校規，人人必須遵守。

(2) **飄浮、漂流**

我們的小船隨着河水的流動緩慢地（ ）着。

(3) **發明、發現**

愛迪生（ ）了電燈，造福人類。

(4) **舒服、舒暢**

走到郊外，清新的空氣使我的心情很（ ）。

(5) **成果、後果**

這是我們一年來辛勤學習的（ ）。

(6) **反應、反映**

有些人打了流感預防針，身體會出現一些（ ）。

2. 以下句子每句可刪去兩組多餘的詞語,把簡化後的句子寫在橫線上。

(1) 天空中飄浮着一朵朵重重疊疊的一大堆白雲。

改寫:＿＿＿＿＿＿＿＿＿＿＿＿＿＿＿＿＿＿＿＿

(2) 秋天到了,一片片枯黃的樹葉緩慢地、漸漸地、輕飄飄地掉落地上。

改寫:＿＿＿＿＿＿＿＿＿＿＿＿＿＿＿＿＿＿＿＿

＿＿＿＿＿＿＿＿＿＿＿＿＿＿＿＿＿＿＿＿＿＿

(3) 祖父聽説孫子遇到車禍,趕快急急忙忙迅速趕去醫院。

改寫:＿＿＿＿＿＿＿＿＿＿＿＿＿＿＿＿＿＿＿＿

＿＿＿＿＿＿＿＿＿＿＿＿＿＿＿＿＿＿＿＿＿＿

(4) 勤勞的蜜蜂和蝴蝶自由自在地、悠閒地、飛東飛西在花叢中玩耍。

改寫:＿＿＿＿＿＿＿＿＿＿＿＿＿＿＿＿＿＿＿＿

＿＿＿＿＿＿＿＿＿＿＿＿＿＿＿＿＿＿＿＿＿＿

3. 以下句子中的形容詞用得正確嗎？正確的，在括號裏加 ✓；
　 不正確的，加 ✗，並把不正確的形容詞圈出來改正。

(1) 法官的裁決是對的，雖然有少數人反對，
　　 法官還是頑固地堅持原判。

(2) 勇敢的匪徒們果斷地闖進了商場，搶走財
　　 物後逃去無蹤。

(3) 同學們都很熱情地幫助這個殘疾同學。

(4) 市民在街道兩旁圍觀，強烈歡迎凱旋歸來
　　 的運動員。

(5) 溫柔的母親深情地注視着手中的嬰兒。

邏輯混亂

他的貓比你肥？

對比不相稱

　　這個星期的活捉會開始了，主席爸爸開宗明義地說明主題：「我們平時看文章或者聽人講話，時常會覺得一些語句不通。這個『不通』的原因，除了我們以前提到的不合語法規則和用詞不當之外，其實就是因為這些句子的邏輯混亂，說的話不合理。以後的幾次會議我們將就這方面捉出一些病句來討論。今天是悟空主講。」

　　悟空展開幾頁紙，說道：「俺的那羣小猴學生很喜歡互相比較，玩耍時就要比：誰比誰跑得快、誰比誰跳得高、誰比誰找到的果子甜……平時說說笑笑的話都很隨便，但是一寫到紙上，問題就出現了，有的句子俺總覺得不對頭，今天帶來給大家討論討論。」

　　家傑插嘴說：「我們同學之間也是常常比來比去的，大聖帶來的病句很可能也是我們時常會寫的，快說來聽聽！」

　　悟空讀道：「你們看這句對不對……」

他寫作文不如你寫的作文那麼好。

家傑重複唸了一次說：「沒錯呀！要是我，也會這樣寫的。有問題嗎？」

爸爸問家俊：「你看呢，有沒有問題？」

家俊把這個句子慢慢地唸了一遍，說道：「我們平時好像都是這麼說話的，不知道有什麼問題呀！」

爸爸説：「那就請孫媽媽來解釋一下吧！」

媽媽不先解釋，而是問家傑：「你看這個句子中的主語是什麼？」

家傑不假思索地回答：「主語是『他寫作文』。」

「對，那麼『他寫作文』這個主語跟什麼相比呢？」媽媽繼續問。

「比『你寫的作文』呀！」家傑仍是回答得很快。

媽媽笑道：「這就很清楚了，你看：『他寫作文』是一個主謂賓結構的短語當句子的主語，但是後面與它對比的卻是『他寫的作文』，也就是説，前面他寫作文這件事情和後面的一篇作文相比，你説相稱不相稱？」

家傑沉思着：「唔，好像有點明白了……」

悟空説：「對了，相比的兩件事物必須是對等的，這裏不對等，一個是一個短句説了一件事情，另一個卻是一個名詞——一篇作文，不對等！」

爸爸説：「那麼大家説説應該怎麼修改呢？」

家俊先來試試：「前面加一個『的』字……」

他寫的作文不如你寫的作文那麼好。

「這樣前後都是一篇作文了，作文比作文，可以了吧？」家俊高興地說。

爸爸笑道：「語法上是可以了，但是你聽起來不覺得囉嗦嗎？」

「我知道，」家傑搶着回答，「可以省去後面的『作文』，因為前面已經說明是作文，所以後面不用重複了。應該改成這樣……」

> 他寫的作文不如你寫的那麼好。

爸爸點點頭表示讚許。

悟空説：「這裏還有一句類似的：『黃老師教數學不如王老師的方法那麼好』。」

家俊説：「應該是：『黃老師教數學不如王老師教得好』。或者是：『黃老師教數學的方法不如王老師的方法好』。」

「還有一句你們看通不通？有個學生寫道：『他寫的作文跟你一樣好。』」悟空説。

家傑細細咀嚼這句話，說：「聽起來好像沒問題，但是按照剛才媽媽說的方法來看，不同成分不能比，他的作文能和你一樣嗎？所以應該說：他寫的作文跟你寫的一樣好。」

家俊表示同意：「對呀，作文不等同人。我們同學之間還常常會說這樣好笑的話：他的貓比你肥，我的狗比你兇。你明白這些話的意思嗎？」

家傑笑道：「當然是在比較他的貓和你的貓，我的狗和你的狗。貓怎麼會比你肥，狗怎麼會比你兇呢！」

家俊說：「隔壁小明家的狗的確比我兇，每次見我放學回家

牠總要向我狂叫，我可沒有惹牠。」

　　大家笑過之後，爸爸總結說：「今天大家討論得很好。對比，是我們平時說話和寫文章常用的手法，把事物的兩個方面放在一起作比較，可以更清楚顯示它們的特性、情況和程度，更顯出兩者的異同和高下，使事物的形象更鮮明。但是這種比較一定是要對等方面的相比，就像剛才一些例子中那樣，無論是從語法角度還是從內容來看，作比較的兩方要對稱，不然就沒法作比較，就是邏輯混亂了。」

　　大家鼓掌，認為主席總結得好。

誰買蛋糕為誰賀生日？

指代不清

今天活捉會的主題是要找出一些指代不清的病句來。

家俊主講。他説：「我們很多同學在寫作文時常常分不清『這』和『那』，用得很亂。譬如這一句：『這個遊樂場沒有那個遊樂場這樣好玩』，你們覺得對嗎？」

家傑茫然地望着哥哥：「聽起來沒錯呀！有什麼問題？」

爸爸問家傑：「你説説，『這』和『那』有什麼區別？什麼時候用『這』，什麼時候用『那』？」

家傑很有把握地回答：「這個我知道，一年級的時候就學過了：『這』是指近在身邊的，『那』是指遠處的。」

爸爸説：「這就對了，所以『這樣』和『那樣』也就跟着主語『遊樂場』走，一個形容近處

的，一個形容遠處的。」

家俊說：「我明白了：這個遊樂場這樣好玩，那個遊樂場那樣好玩，這個遊樂場沒有那個遊樂場……就應該用『那樣好玩』了。」

家傑點點頭：「原來是這樣！平時我們說話時常常亂用『這』和『那』，不太注意區分。譬如說，有一次小休時，我和達之在操場聊天，遠處有一個人在練習單槓，我問達之『你認識這個人嗎？』達之問是哪一個人？我指着練單槓的人說『就是這個』。達之說『喔，你問的是他呀，那個人是學校體操隊隊長，叫陳黎明』。我當時就想：我說『這個人』，達之回答我時用『那個人』，是不是我錯了？」

媽媽說：「是呀，是你錯了，指着遠處練單槓的人就是要用『那個』。達之說得對，看來他分得很清楚。」

悟空說：「俺的小猴學生們寫作文時常常用太多的代詞，有時候弄得俺看不懂了。你們聽聽這句……」他翻開一頁作文紙唸道……

> 阿明和阿妙是鄰居，他們是好朋友。今天是他的生日，他買了一個蛋糕來慶祝他的生日。

家傑笑了：「用了這麼多的『他』，究竟是誰生日？誰買的蛋糕啊？」

悟空說：「是啊，俺在批改時也這麼寫了，要這學生重寫，寫得清楚些。譬如改成這樣……」

阿明和阿妙是鄰居，也是好朋友。今天是阿明的生日，阿妙買了一個蛋糕來慶祝。

主席爸爸說：「代詞，是具有替代功能的詞，有三種：人稱代詞用來替代人或事物，有大家常用的你、我、他、大家、自己等；指示代詞用來指示或區別人或事物，例如剛才說的這、那、這裏、那裏、這麼、那麼、這樣、那樣等等；疑問代詞用來提出問題，例如誰、什麼、怎麼、何時、多少等等。三者的功能都很明顯，一般來說都不會用錯，只是剛才大家說的『這』和『那』，有着與說話者相隔距離多少的區別，這是我們在使用時要注意的，不然就會指示不清，造成意義上的混亂。」

悟空一邊聽一邊記筆記，說：「對，俺回去會向學生們講這些，以後要多多注意指示代詞的運用。謝謝大師！」

不能穿着外套和絨帽

孫媽媽主講今晚的活捉會。

媽媽拿出一疊紙説：「我常會讀到一些小朋友的文章，發現有些句子很好笑，你們看看：今天有大霧，天氣很冷，出門時我穿着厚外套和絨帽，戴着防霧眼鏡和長靴。」

家傑反應很快，首先笑了起來：「哈哈，帽子能穿嗎？靴子能戴嗎？他用錯動詞了！」

家俊糾正他：「不是用錯動詞，是少用了動詞，應該説成：『我穿着厚外套、戴着絨帽，戴着防霧眼鏡、穿着長靴』。不能把一個『穿』或一個『戴』字連着兩樣東西。」

悟空也來糾正家俊：

「這樣聽起來很囉嗦。俺看這個句子中兩個動詞『穿』和『戴』是用對了，但是搭配錯了，應該說：我穿着厚外套和長靴，戴着防霧眼鏡和絨帽。」

爸爸媽媽微笑着聽着他們三個的爭論。這時爸爸開口了：「你們三個說得都不錯，這裏兩處的錯是把動詞和賓語連接得不妥當。不僅是學生，我們大人寫的文章中也常常發生這樣的事——就是只用一個動詞，後面連着兩個甚至三個賓語，往往是第一個賓語是合適的，後面的就不對了，譬如……」

在公園裏，我們看到五彩繽紛的花兒和小鳥動聽的鳴叫聲，還有淡淡的花香。

悟空笑道：「哇，他的眼睛真厲害，不但能看，還能聽到聲音、聞到氣味！本領比俺還大呢！」

媽媽說：「很多學生就是犯了這樣的錯，用一個動詞來做多個動作，我看這是懶惰的毛病，不肯多寫一兩個動詞。家傑，你來修改一下這個句子！」

家傑立刻說：「這個容易，我會！」

在公園裏，我們看到五彩繽紛的花兒，聽到小鳥動聽的鳴叫聲，還聞到淡淡的花香。

爸爸誇獎道：「這就對了，三個不同的動詞，三個不同的動作，整個句子就完整了。」

家俊説：「我也犯過同樣的錯誤，有一次我介紹自己的興趣愛好時寫了一個這樣的句子：『我喜歡踩單車和羽毛球……』老師要我改正，當時我還不知道自己錯在哪裏呢！」

家傑説：「我知道，你也少了一個動詞，應該説『喜歡踩單車和打羽毛球』，羽毛球怎麼可以被你踩呢！就像媽媽説的，你太懶了，不肯多寫一個字。」

爸爸拍手笑道：「剛才的討論，讓家傑變得很敏感，一下子就看出了毛病。」

家俊不甘心被弟弟批評，反駁説：「別忘了，你也常常懶得鬧出笑話來的。記得嗎？有一次，晚餐桌上有紅燒排骨，你説了什麼？」

家傑不好意思地訕訕笑着。悟空急忙追問：「快説，家傑説了什麼呀？」

「他説……」，家俊故意賣個關子，拖長了聲音一字一板地大聲説道，「媽媽的——排——骨，真好吃！」

哈哈哈！大家都笑了。悟空説：「家傑，你把媽媽也吃到了肚子裏？」

主席爸爸總結説：「看，少了一個動詞『煮』，聽起來就很好笑了。所以不應該省略的字我們就不能省呀！」

既然是「估計」，
怎麼能「肯定」？

前後矛盾

今天活捉會的內容是討論一些前後矛盾的病句，主席爸爸說，學生的作文中常常出現這種情況——後面的描寫與前面自己說過的情況互相矛盾。今天大家來幫着修改修改。

主講孫悟空說：「大師說的正是俺們中文班的情況，俺找出了好些這樣的句子，請大家指正。」

悟空讀了下面這句：

> 森林裏冷清清的沒有任何動物，只有我和弟弟兩個在樹上玩耍。

爸爸說：「今天讓家俊家傑兄弟倆輪流做小老師批改。」

家傑首先舉手說：「我來批改這句：前面說森林裏沒有任何

動物，」家傑特意大聲強調了「任何」一詞，「後面卻說有他和弟弟在樹上，他和弟弟不是動物嗎？」

媽媽說：「對呀，這就矛盾了。你怎麼改呢？」

家傑想了一下說：「只要加一個詞『其他』：森林裏冷清清的沒有其他動物，只有我和弟弟在樹上玩耍。」

爸爸讚他：「改得好啊，只要加一個字，就不矛盾了。」

家俊說：「如果這樣寫呢——森林裏冷清清的，只有我和弟弟在樹上玩耍，沒有其他動物。是不是好一些？」

媽媽說：「兩個短句對調一下，加了個逗號，意思是更清楚了些。不錯。」

「謝謝兩位小老師的批改，」悟空說，「還有一句呢……」

森林裏的動物估計肯定有十萬種。

又是家傑搶着回答：「既然是估計，那怎麼能肯定呢？這又矛盾了。」

家俊說：「只要用其中一個說法就可以了：『估計有十萬種』，或是『肯定有十萬種』。」

「說得對，『估計』和『肯定』是兩個意思很不同的詞。但是這種不太可能統計得很精確的數字，我們通常用『估計』比較好。」爸爸說。

悟空說：「再看這句……」

除了弟弟之外，全家族每個成員都會游泳。

家傑說：「這倒是我家的情況，除了我之外，全家都會游泳。」

哥哥糾正他：「你這句話跟上面那句一樣，犯了前後矛盾的毛病——難道你不是全家的成員嗎？你不會游泳，就不能說全家都會游泳。」

爸爸媽媽點點頭表示同意家俊說的。

家傑問：「那應該怎麼改？」

悟空說：「跟你剛才修改的那句一樣，只要加上一個詞：除了我之外，全家的其他人都會游泳。俺學生的那句就要改一個詞：除了弟弟之外，全家族其他成員都會游泳。」

家傑說：「我想起來了，以前我也寫過這樣前後矛盾的句子——家裏來了一位我完全不認識的陌生人，只有他那頂可笑的禮帽和黑框大鏡片眼鏡我還記得。」

家俊自告奮勇：「我來改！你說你完全不認識這位陌生人，可是你還記得他的禮帽和眼鏡，這就矛盾了。所以我想應該這樣說：家裏來了一位陌生人，起初我以為自己完全不認識他，但是他那頂可笑的禮帽和黑框大鏡片眼鏡我還記得，回想起他就是某某某。」

悟空拍手叫好：「家俊老師改得好！這樣一改動，句子就通了，道理也順了。」

爸爸高興地說：「我們這樣的討論培養出了兩個小老師，真好！」

打預防針為的是
防止不得流感？
負負得正 / 否定太多

本周的活捉會上，主席爸爸說：「今天要討論一種有趣的病句，大家要豎起耳朵留心聽，別走神了！一走神恐怕就會聽不明白，搞糊塗了。」

這下激起了大家的好奇心，個個都睜大眼睛望着主講家傑。

「這星期我們的作文課上，老師讀了一些同學們寫的病句，我覺得這兩句很有意思，就記錄了下來，先聽聽這一句吧，」家傑拿着一張紙，一字一板地唸道：

> 假如我們不打流感預防針的話，就不能防止不會患上流感。

家俊聽糊塗了，嚷道：「沒聽明白，再唸一遍！」

家傑又大聲唸了一遍。悟空和家傑都忙着把這個句子寫在自

己的本子上，口中唸唸有詞地捧在手上琢磨。

爸爸媽媽望着他們笑，爸爸問家傑：「你自己搞清楚了嗎？知道錯在哪裏，怎麼改嗎？」

家傑説：「老師把一些病句交給我們分頭拿回家，想想應該怎麼修改。我拿了自己不太明白的兩句，這是其中一句，句子中有那麼多的『不』字，還沒弄懂它的意思呢！」

「我來試試，」家俊説，「我知道凡是句子中有兩個『不』字，那就把這兩個『不』字都刪掉，負負得正，意思就出來了。那麼，這個句子中有三個『不』，刪去前面兩個的話，就會變成……」

假如我們不打流感預防針的話，就不能防止不會患上流感。

「『假如我們打流感預防針的話，就能防止不會患上流感』。什麼意思？」家俊看不明白。

悟空哈哈大笑：「『防止不會患上流感』，『防止』和『不會』也是否定的意思，負負得正，那就變成……」

> 假如我們~~不~~打流感預防針的話，就~~不~~能防止~~不會~~患上流感。

「『假如我們打流感預防針的話，就能患上流感』！」悟空笑着說。

這下大家都笑了。

家俊說：「再試一次吧，如果只刪去第二和第三個『不』字，就變成……」

> 假如我們不打流感預防針的話，就~~不~~能防止~~不會~~患上流感。

「『假如我們不打流感預防針的話，就能防止患上流感。』意思也是反了！」家俊撓了撓頭。

悟空說：「看來要刪去三個『不』字，這句話的本意才出來⋯⋯」

假如我們~~不~~打流感預防針的話，就~~不~~能防止~~不~~會患上流感。

「假如我們打流感預防針的話，就能防止患上流感。」悟空繼續說。

爸爸和媽媽都點頭稱是。

家傑接着説：「我抄下的另一句比較簡單，只有兩個『不』字。」

十二歲以下的兒童不能沒有成人陪同不能進游泳池。

爸爸問他：「那麼你知道應該怎麼修改了吧？」

「用剛才哥哥説的方法——負負得正，刪去兩個『不』字，就變成⋯⋯」

十二歲以下的兒童~~不~~能沒有成人陪同~~不~~能進游泳池。

「『十二歲以下的兒童沒有成人陪同能進游泳池』，咦，不對呀，應該是不能進游泳池呀！」家傑驚訝地説。

家俊提醒他：「還有一個否定詞『沒有』呢！所以這裏只能刪去一個『不』⋯⋯」

十二歲以下的兒童~~不~~能沒有成人陪同不能進游泳池。

「『十二歲以下的兒童沒有成人陪同不能進游泳池。』這樣才對。」家俊説。

家傑這才明白了。他歎口氣説：「唉，都是這些『不』字，搞得我頭昏腦漲，糊塗了！」

主席爸爸説：「句子中連用否定詞『不』，有時可以起到加強語氣的作用，譬如説『這件事你不得不做』，意思是你一定要做。這裏用兩個『不』是恰當的、必要的。但是像剛才兩個病句中，的確用了太多『不』字了，效果就適得其反，有時反而把意思説反了。所以還不如直接把意思明確地説出來：『我們打流感預防針就能不得流感』，或是『不打流感預防針就可能會染上流感』。」

媽媽補充説：「用了太多『不』字，反倒給人故弄玄虛之感，還是盡量避免吧。」

囉囉嗦嗦講了一大堆！

語句累贅

活捉會開始了，主席爸爸宣布：「今天是家俊主講，找出一些語句累贅的例子來給大家討論。」

悟空笑道：「俺中文班的小猴兒們都怕作文，所以沒有寫得累贅的，都寫得很短，怕寫長篇大論。」

家傑也說：「是啊，老師從來沒有埋怨我們的作文寫得長，次次都說：多寫點，寫得詳細點……」

家俊說：「講得囉嗦的情況在我們班卻很常見呢！沒有辦法啊，作文有字數規定，不能少於幾百字，而且越高年級就要寫越多字，所以有些同學就拚命用很多形容詞來增加字數。你們看這句……」

公園裏百花齊放，桃紅柳綠，萬紫千紅，互相爭妍，真是琳瑯滿目，令人目不暇接，看不過來，不知要先欣賞什麼才好。

媽媽説：「喔唷唷，這麼長的句子，重複的形容，囉囉嗦嗦講了一大堆，太不簡潔了！」

家傑扳着手指數着字數：「不得了，這句句子連標點符號就有了五十三個字，再寫幾個長句就夠數了！」

爸爸請悟空修改。悟空説：「一開始説了百花齊放，後面用一個『萬紫千紅』就夠了，柳樹就不必提了。『琳琅滿目』一般用在形容精美的書籍或工藝品，形容花卉就不太合適。已經説了『目不暇接』，就不用再説後面的兩句了。」

公園裏百花齊放，~~桃紅柳綠，~~萬紫千紅，互相爭妍，~~真是琳琅滿目，~~令人目不暇接，~~看不過來，~~不知要~~先欣賞什麼才好~~。

　　家傑又扳着手指為悟空的新句子數字：「『公園裏百花齊放，萬紫千紅，互相爭妍，令人目不暇接。』哈，連標點只有二十五個字，精簡多了！」

　　爸爸說：「悟空改得好！你們寫作文不要為了湊足字數而濫用詞語，使用形容詞要看文章需要，不必過多。」

　　家俊說：「還有一句呢！」

　　　　他健身完畢時，大汗淋漓、滿頭大汗、頭冒熱氣、全身濕透。

　　家傑舉手說：「我知道怎麼改：『大汗淋漓』就很厲害了，一定是滿頭大汗和頭冒熱氣的，所以只要這樣說就夠了：『他健身完畢時，大汗淋漓，全身濕透。』」

悟空拍手說：「好啊，家傑可以當俺的助手，幫俺批改作文了！」

家俊問爸媽：「你們還記得去年有一次帶我們去看魔術表演嗎？回來後我寫了一篇周記，裏面有一段話也是犯了這個毛病……」

這場精彩的魔術表演出神入化，深不可測，我們看得莫名其妙，弄不懂魔術師是怎麼變的，我回來後一直在想這個問題，印象深刻，非常難忘，將成為我心中不可磨滅的回憶。

爸爸問：「你們老師是怎麼改的？」

家俊回答說：「老師要我自己把這段寫得簡短些，後來我就改寫成這樣的……」

魔術師的表演出神入化，我看得莫名其妙，弄不懂他是怎麼變的。這場精彩的表演留給我深刻的印象，非常難忘。

「對呀，這麼寫就對了，」爸爸說，「形容事物要恰如其分，不必太誇張。你原來的作文中說這場表演將成為『你心中不可磨滅的回憶』，這就有點過分，其實只要說『非常難忘』就可以了。」

媽媽說：「寫得好的文章不在字數多，而在於字詞都用得適當。古人寫的一些散文都是言簡意賅的，這種寫作方法是我們要學習的。」

16

掌聲好像原子彈爆炸？

比喻不妥

今天孫悟空帶了學生的一疊作文過來開會，因為他主講學生的作文中比喻不妥當的問題。

主席爸爸首先來個開場白：「我們在寫文章時往往會用比喻的手法，這是修辭的一種，通俗說法是『打比方』。兩種不同的事物有共同的相似點，把某一種事物來比作另一事物，可以使描述更生動、抽象的道理變得通俗易懂，譬如孟郊的詩《遊子吟》中把抽象的母愛比作春天的陽光（三春暉）。但是我們用比喻要比得恰當，不然就顯得不倫不類了。今天我們看看這樣的一些例句吧。」

悟空抖出幾張作文紙說：「俺的學生們寫作文喜歡用比喻，有些比得很好，有些卻叫人看了發笑。譬如這句：『……一陣震天動地的掌聲，好像原子彈爆炸。』」

家傑咯咯地笑了出來：「他聽見過原子彈爆炸的聲音？掌聲會像爆炸聲？」

媽媽也說：「這個比喻誇張得不合適了。上次我們討論過，形容掌聲一般都用『熱烈』就可以了，或是比作『暴風雨般的』，那已經是很誇張的了。」

「還有呢，」悟空繼續唸道，「演員的臉蛋搽得通紅，好像塗上了一層鮮紅的血。」

大家都笑了，家俊評論說：「這個就比喻得太可怕了，演員的化妝應該是很美的，被他這麼一形容血淋淋的，就太嚇人了！就像我們以前討論過的那樣，把褒義變成貶義了。」

爸爸讚他：「家俊學了就會用，立竿見影啊！那你是否知道應該怎麼形容這種情況呀？」

家俊想了一下說：「通常形容紅臉蛋都是說像個紅蘋果，或是紅紅的彩霞，沒有比作鮮血的，太不雅了！」

悟空繼續唸道：「一個小猴寫他早上出門，『一陣和煦的春風吹來，好像小刀刮過面頰』……」

媽媽評道：「這句不僅僅是比喻不恰當，而且也前後矛盾——和煦的春風應該是很溫柔的，吹在臉上很舒服，怎麼會像刀刮臉那樣呢？那用來形容冬天寒冷的北風才對呢！」

　　家傑説：「我想起來自己也寫過這樣比喻得不好的句子：『夏天下午打完球，全身好像被火燒着一樣熱』，被老師批評説我比喻不恰當。」

　　爸爸説：「是啊，打完球，肯定全身很熱、出汗，但不至於像你説的『好像被火燒着一樣熱』。被火燒着的感覺我們都沒經歷過，但我想首先是非常痛，而你剛打完球，心情一定很好，很開心很盡興，所以用被火燒的痛苦經歷來作比喻是不合適的。」

　　家傑點點頭説：「明白了。」

　　爸爸繼續説道：「通常學生們寫出比喻不恰當的句子主要是

比喻得太誇張了，就像剛才大家所説的那幾句。還有，就是也要注意所引用的喻體的褒貶意思是否符合主體（被比喻的事物）的身份，譬如説我曾經看到過把老奶奶布滿皺紋的臉比作是一塊縐紗布，把嬰兒妹妹一對明亮的大眼睛比作是一對大銅鈴，把賽跑冠軍比作一條遊走迅速的大蟒蛇……等等，這些喻體和主體之間雖然有共同點，但是把它們放在一起作比，聽起來令人感到不舒服不合適。」

悟空點頭表示同意：「對，這一點俺們往往忽視了，只是覺得比喻得很可笑，其實是有褒貶之分，這點是俺以後要學生們注意的。」

17

全級冠軍和全校冠軍，
哪個厲害啊？

今天的會由家俊主講。

家俊拿出幾頁作文紙說：「我們從小學一年級開始就練習為每個句子排列詞序，都做了六年，這種練習應該難不倒我們了。但是最近的一次作文中，出現了幾個句子，老師說我們寫錯了，說這不僅僅是詞序的問題，要我們自己想想是什麼問題。我仔細看後覺得很有意思，今天拿出來給大家討論。請看這句：他不僅是全校羽毛球單打冠軍，也是我們年級羽毛球比賽的冠軍呢！」

悟空噗地一聲笑了出來：「全校的單打冠

軍，肯定在年級比賽中也是冠軍啊！詞序排錯了，應該先說是年級羽毛球比賽的冠軍，再說也是全校冠軍。」

家傑反駁他：「這倒不一定唷，我們學校的乒乓球冠軍在年級比賽中只得了第三名！」

悟空說：「這是非常例外的情況，一般來說……」

主席爸爸打斷他說：「你倆不必爭論這個了，一次比賽中得了冠軍，不等於次次比賽中都會是第一，什麼情況都會發生的。我們就來討論家俊提供的這句話，這個詞序問題的本質是在於沒留意到前後兩件事情的輕重意義——全校冠軍當然比年級冠軍厲害，所以前句的分量比後面那句重。我們用表示遞進關係的關聯詞『不僅……而且……』時，要把分量輕的放在前面，後面那句才是說分量重的，比前面那件事更厲害的才對呀！你們說是不是呢？」

家俊說：「爸爸這樣一說我就明白了，我們寫句子時，詞序的先後要注意到意義的輕重。」

媽媽補充說：「對，這才符合邏輯。」

悟空說：「這使俺想起最近看到的一個句子，俺覺得，這句話也犯了同樣的毛病……」

> 流感期間外出不戴口罩有生命危險，也會感染到流感。

爸爸説：「好，我們請家傑分析一下。」

家傑想了想説：「按照剛才爸爸説的原則，我們要看兩件事情的輕重，比較『有生命危險』和『感染到流感』，當然是有生命危險很嚴重，這是要命的事；『感染到流感』和它相比，就是算輕的了。所以應該調轉來説：流感期間外出不戴口罩會感染到流感，有生命危險。」

媽媽拍手誇獎：「分析得好！不戴口罩首先是有可能感染到流感，但那也不一定有生命危險。所以最好後面一句改為：嚴重的會有生命危險。」

流感期間外出不戴口罩會感染到流感，嚴重的會有生命危險。

家俊説：「我這裏還有一句：吸毒會坐牢，也會成癮。」

悟空説：「同樣的問題——坐牢比成癮嚴重得多，所以應該先説會成癮，再説會坐牢。」

主席爸爸很高興：「好，現在大家的頭腦都很清楚，一看就能分辨輕重緩急。」

悟空説：「今天的討論很有意思，回想起來，俺的學生寫的很多句子都犯了這個毛病，回去俺要好好給他們講一講。」

麵包牛奶和香蕉蘋果
是一家人？

並列不當

孫媽媽主動請纓，今天要主講。

媽媽說：「我們以前討論過標點符號的使用，說到有些學生不會用頓號，往往以逗號代替。最近我看到一些句子中，學生們雖然用了頓號，但是後面並列的一連串事物卻有些不倫不類，你們看這句……」

他吃了很多水果：香蕉、蘋果、桃子、牛奶、麵包。

家傑即刻批改：「牛奶、麵包不是水果，怎麼能和香蕉、蘋果、桃子並列？它們不是一家人！」

爸爸問他：「應該怎麼寫？」

> 他吃了很多水果：香蕉、蘋果、桃子，還喝了牛奶，吃了麵包。

「動詞也不一樣，不能省略。」家傑從容不迫地回答。

「他又吃又喝了那麼多東西，不會撐死？」家俊說了句俏皮話。

悟空說：「學生造句總是愛誇張些的。」

媽媽接着說下去：「還有這句……」

> 很多名人出席了宴會，其中有社會名流、富豪、演藝紅人、歌星、明星、導演、作家、政客等等。

家俊說：「我來試試批改：我想社會名流中應該包括富豪，演藝紅人中已經包括了歌星和明星，所以只要說『其中有社會名流、演藝紅人、導演、作家、政客等等』。」

悟空説：「政客應該屬於社會名流一類，不必單獨説。」

「我覺得這些人都可以包括在社會名流中，」媽媽説，「所以不如這樣説……」

> 出席宴會的有政客、演藝紅人、導演、作家等社會名流。

爸爸補充：「所以並列的幾項要歸納得恰當，我也找到一句並列得不合適的……」

> 學生的教育受到多方面的影響——家庭、學校、社會、政治、經濟、文化、朋友、書本。

「請大師分析一下這句的並列部分。」悟空說。

「這裏的七個並列項目其實屬於三個範圍：家庭、學校、社會是一類，政治、經濟、文化是一類，朋友、書本是另一類，這三類的內容也有重疊的，所以不能籠統地把它們並列放在一起。應該說成……」

> 學生的教育受到來自社會、家庭、學校三方面的影響，其中有政治、經濟和文化的因素，另外，每個人所交往的朋友、愛閱讀的書籍等也會不同程度地影響他的成長。

爸爸一口氣說了很多，最後補充一句：「這句話要說的內容比較複雜，不是列舉了一系列的詞彙所能說得清的。」

悟空點頭稱是。

媽媽說：「用頓號寫並列詞還有一個問題要留意的，請看這句……」

> **出席典禮的有學生、家長、老師、校友、校董和校長。**

「誰看出問題來了？」媽媽問。

家傑和家俊還沒反應過來，悟空點出了問題所在：「這樣的並列不恰當，也是犯了輕重不分的毛病——學生爬到了校董和校長的頭上去了！俺們應該尊敬校董和校長，並列時要把他們放在前面才對呀！」

爸爸請家俊重新排一下。家俊說：「這麼說對嗎？」

> **出席典禮的有校董、校長、老師、校友、學生和家長。**

家傑問：「家長不是比學生年長嗎？應該家長和學生。」

家俊反駁他：「學生是本校的人，家長是外人，有了學生才有家長，所以學生要在家長前面。」

家傑說：「當然是有了家長才有學生呀，你怎麼說顛倒了？」

兄弟倆的爭執引得大家哈哈大笑。最後主席判斷：家俊說得對，應該是學生和家長，學生為本，家長來參加典禮是客人。

1. 下面的句子寫得正確嗎？正確的，在括號裏加 ✓；不正確的，加 ✗。

(1) 此次大會估計一定有一百人參加。 （　　）

(2) 這個孩子大約有三歲。 （　　）

(3) 下學期的教科書都買到了，只有數學課本
還沒貨。 （　　）

(4) 今天早上全市有大霧，爸爸開車迅速衝過
大霧送我上學。 （　　）

(5) 綿綿的春雨嘩啦啦地下了一整天。 （　　）

2. 下面的病句應該改成怎樣才恰當呢？寫在橫線上。

(1) 他唱的歌比我好。

改寫：＿＿＿＿＿＿＿＿＿＿＿＿＿＿＿＿＿＿＿＿＿＿＿

(2) 公園的規則是不准遊人不採花的。

改寫：＿＿＿＿＿＿＿＿＿＿＿＿＿＿＿＿＿＿＿＿＿＿＿

(3) 我們在生日會上吃了蛋撻和蛋糕、汽水和檸檬茶。

改寫：＿＿＿＿＿＿＿＿＿＿＿＿＿＿＿＿＿＿＿＿＿＿＿

＿＿＿＿＿＿＿＿＿＿＿＿＿＿＿＿＿＿＿＿＿＿＿

(4) 這家酒樓的生意很好，顧客不斷，天天賓客盈門。

改寫：＿＿＿＿＿＿＿＿＿＿＿＿＿＿＿＿＿＿＿＿＿＿＿

＿＿＿＿＿＿＿＿＿＿＿＿＿＿＿＿＿＿＿＿＿＿＿

(5) 後園裏種了很多水果，有蘋果、梨、桃、蘿蔔、生菜等等。

改寫：＿＿＿＿＿＿＿＿＿＿＿＿＿＿＿＿＿＿＿＿＿＿＿

＿＿＿＿＿＿＿＿＿＿＿＿＿＿＿＿＿＿＿＿＿＿＿

受其他語言影響

送書給我，還是送給我書？

粵語習慣的影響

活捉會一開始，主席爸爸就點明主題：「今天我們要來討論學生在遺詞造句時受到母語粵語習慣的一些影響，家傑説他在這方面感受很深，所以由他來主講。」

悟空説：「這個內容很有趣啊，俺也可以趁此機會學些粵語。」

家傑拿出幾張作文紙説：「我們在寫作文時，很多句子自己看來覺得很通順，是我們平日講話那樣的，但是都被老師批改了，譬如最常見的是這樣的句子：老師，請你走先，我們跟着來。」

家俊立刻評道：「哈哈，這是典型的粵語呀，應該説：老師，請你先走。」

悟空説：「哦，原來粵

語中副詞在動詞後面！」

　　媽媽說：「對，你找到了這條規律，這是本地學生說話和寫文章最常見的毛病：行先、食先、做先……還有：看多點、食少點、行慢點、跑快點、住多幾天……都是副詞放在後面。」

　　家傑又拿出一頁紙讀了起來：「另外還有一種特別的句式：『他送了一本故事書給我。』大聖，你能看出有什麼問題嗎？」

　　悟空把這個句子重複唸了一遍說：「似是而非，聽起來好像對，但又覺得有些彆扭，是不是應該說：『他送給我一本故事書』？可是，語法上應該怎麼分析呢？」

　　爸爸說：「這是直接賓語和間接賓語的位置問題。規範的語

法應該是直接賓語（人）在間接賓語（物）前面。這句話中動詞『送』的直接賓語是『我』，間接賓語是『一本故事書』，悟空的修改是對的。而粵語中是把兩者顛倒了過來，把間接賓語（物）放在前面，我找到一個女孩寫的句子也是這樣的：『她又給了冒險家喜歡的東西他』，家傑，應該怎麼改？」

家傑想了一下說：「只要改動一個字的位置：她又給了冒險家他喜歡的東西。對嗎？」

爸爸誇獎他：「很好！人稱代詞和名詞的位置都放對了。」

家俊說：「有一種句子我們常常掛在嘴邊和寫在紙上，因此受到老師批評的，你們聽聽：『我有去過北京』，『我有試過這個方法』，『我有吃過這個菜』……」

悟空笑道：「這種句子俺知道錯在哪兒——動詞『有』後面只能跟名詞，不能跟動詞。只能説俺有這個東西那個東西，不能説俺有做過什麼。」

家傑説：「可是我們粵語中就常常這麼説的。」

「這就是學生寫作文時受到粵語的影響了。」爸爸説。

媽媽也拿出一張紙：「我收集到的句子是關於動詞的，這裏的孩子們常常這樣寫：『我和姐姐去到公園玩』，『今天，我進去了一個遊樂場』，你們知道問題在哪兒嗎？」

家俊説：「這裏用的動詞『去到、進去』是粵語常用的，其

實只要說『我和姐姐去公園玩』，『今天我去了一個遊樂場』就可以了。」

爸爸解釋說：「『去到』和『進去』的結構是動詞加補語，這是粵語的習慣用法。這兩個句子中只要用簡單一個動詞就可以了。今天大家帶來的病句都很典型，家俊家傑，以後你們寫作文時要避免受粵語習慣的影響啊！」

悟空看着自己手上的筆記本說：「哦，原來粵語中有那麼多特別的語法句式，是俺以前不知道的。今天學了很多啊！」

不要用那麼多的 「和」與「是」

今天主講是家俊，接着上次活捉會的主題——學生寫句子常受到其他語言的影響，上次說的是如何受到粵語習慣的影響，今次呢？

家俊説：「老師常常説我們寫的句子不像是中文句子，倒像是從英文硬生生翻譯過來的，譬如這一句，你們聽起來覺得彆扭嗎？」

> **星期天，我們上午做功課和晚上看電視。**

悟空首先評論：「俺覺得很彆扭。為什麼要加上那個『和』字？只要這樣說就行了……」

> 星期天，我們上午做功課，晚上看電視。

媽媽說：「這就是受到英語文法的影響了，英語中常常用 and（和）來連接兩個動作、兩件事情、兩個句子，就如剛才句子中的『上午做功課』和『晚上看電視』，而用中文寫的時候只要用個逗號隔開就可以了。中文的『和』一般用在並列的幾個名詞的最後一個之前，譬如：『我家有爸爸、媽媽、哥哥、姐姐和我』，兩個短句之間不用『和』的。」

爸爸補充說：「或者我們可以用一些副詞來連接短句，譬如：『我們去海邊游泳了，還在沙灘上拾貝殼，然後我們乘坐了遊艇……』，不用『和』字。」

家俊説：「還有，我寫過這樣的句子，老師説不對，不要用『是』字。」

這兩本書的頁數是一樣。

家傑不明白：「為什麼呢？」

爸爸説：「這也是英文和中文的不同之處。在英文文法中，這句話要有動詞are（是）；但是在中文句子中，『一樣』是形容詞當謂語，不用動詞『是』。或者用『是……的』結構作謂語，這樣才通順，所以應該説……」

這兩本書的頁數是一樣的。

悟空恍然大悟：「喔，還有那麼多的學問！」

「還有一點要注意的，」媽媽説，「英語中往往把表示日期和時間的名詞或短語放在句子後面，但是我們中文句子是要把這些放在句子最前面的，譬如『我喝一杯牛奶每天早晨』是英式句

子，應該說『我每天早晨喝一杯牛奶』。」

家俊說：「對，我們同學寫過這樣的句子：『大家都高興得歡呼起來，當我們聽到這個好消息之後』，老師說這是典型的英語文法句。」

家傑說：「我知道應該怎樣寫：『當我們聽到這個好消息之後，都高興得歡呼起來』，前後兩句對調，後面那句可以省略主語。」

「非常好！」媽媽誇他。

爸爸總結說：「今天大家提供的幾個病句都是受了英語文法影響的例子，活捉得很好。還有，英語中較多用被動式，如是生搬硬套地翻譯過來就不符合中文習慣，我們就要改成主動式，譬如：『一片墨黑的夜空被一道閃電的強光劃破了』，在英語中很自然，但是中文聽起來就不順耳，不如直接說『一道閃電的強光劃破了墨黑的夜空』。所以造句時盡量多用主動式。」

家俊問：「『弟弟吃了蛋糕』，『蛋糕被弟弟吃了』，這兩句的意思是一樣的吧？為什麼不要用第二句呢？」

爸爸說：「這兩句的意思相同，但是強調點不同。假如媽媽問『蛋糕呢？蛋糕怎麼不見了？』你就可以回答被動式的『蛋糕被弟弟吃了』強調蛋糕的去向；而主動式『弟弟吃了蛋糕』只是一般的敘述。」

家俊笑着說：「這種情況是常常發生的，所以我要學會說『蛋糕被弟弟吃了！』」

家傑氣得去追打哥哥，大家笑成一團。

1. 下面每組的兩個句子中哪一句符合中文習慣？在適當的括號裏加 ✓。

    (1) A. 我很快樂。 （　　）
        B. 我是很快樂。 （　　）

    (2) A. 溺水兒童被眾人合力從河裏救了起來。 （　　）
        B. 眾人合力把溺水兒童從河裏救了起來。 （　　）

    (3) A. 我們乘飛機去美國，在去年十月三日。 （　　）
        B. 去年十月三日，我們乘飛機去美國。 （　　）

    (4) A. 媽媽下班回家的時候，我正在做功課。 （　　）
        B. 我正在做功課，當媽媽下班回家的時候。 （　　）

    (5) A. 在父母心裏面，自己的孩子是最可愛。 （　　）
        B. 在父母心裏面，自己的孩子是最可愛的。 （　　）

    (6) A. 慈善賣物會將在社區中心舉行，爸爸、 （　　）
           媽媽、哥哥和我都會去幫忙。
        B. 慈善賣物會將在社區中心舉行，爸爸和 （　　）
           媽媽，哥哥和我都會去幫忙。

2. 下面的病句應該改成怎樣才恰當呢？寫在橫線上。

(1) 小紅帽給了蛋糕奶奶吃。

改寫：_____

(2) 他會天天給牛奶小貓咪喝。

改寫：_____

(3) 發明家打算給一個驚喜大家。

改寫：_____

(4) 今個星期天，我們去到同學家玩。

改寫：_____

_____

(5) 在我們熱情的挽留下，叔叔住多了幾天。

改寫：_____

_____

尾聲

　　孫家活捉錯語句的活動暫時告一段落。活動結束的那一天，每個成員都發表了感想。

　　孫悟空搶先發言，他說：「俺參加這個活捉隊後，受益匪淺。尤其是今年的活捉錯語句活動，是在俺們活捉錯別字和錯用詞之後的一次範圍更大的語文學習。俺學到了怎樣區分語法的對錯、詞語的搭配是否恰當、邏輯上是否妥當，也知道了一些粵語

用語，非常有趣啊！而且還很實用，俺回到花果山教俺的小猴中文班時都用上了這些知識，學生的中文水平大有提高，所以俺衷心感謝孫家班接納俺，感謝孫大師的教導，希望以後還有機會和大家一起學習啊！」

　　孫家兩兄弟也説，今年的活捉錯語句使他們知道了平時寫作文時的一些錯句，原來都是語法、修辭和邏輯上的問題。現在的頭腦清醒多了，看到語句就能在腦中分析它的主謂賓結構，很少出錯了。

　　孫爸爸媽媽都很高興聽到大家這樣説。媽媽敦促爸爸早日把這些討論的內容整理出來，結集成書出版，讓更多同學讀到學到，分享成果。爸爸一口答應。

　　兄弟倆對大聖依依不捨，要他答應以後常來玩。

　　悟空兩手抱拳向大家道謝告別，然後翻了一個筋斗，消失在《西遊記》裏……

參考答案

句子練習1（P.43-45）

1. 答案僅供參考：

    (1) 因為；所以   (2) 即使；也   (3) 無論；還是

    (4) 一邊；一邊   (5) 雖然；但是   (6) 如果；就

    (7) 不僅；還   (8) 既；又   (9) 不是；就是

2. (1) B   (2) A   (3) B   (4) A

    (5) B   (6) A   (7) B

3. 這個星期六爸爸媽媽都不用上班，就帶我們去公園玩。公園分南北兩部分：南部的景色很美，有荷花池、六角涼亭、九曲橋、賞月平台和牡丹園；北部是兒童遊樂場，裏面有各種新穎的設施，吸引着很多孩子在玩。妹妹一見就叫道：「我也要去玩！」她一頭紮了進去，一直玩到傍晚才依依不捨地離開。

句子練習2（P.73-75）

1. (1) 嚴格   (2) 漂流   (3) 發明   (4) 舒暢   (5) 成果   (6) 反應

2. (1) 天空中飄浮着一朵朵白雲。

    ／ 天空中飄浮着重重疊疊的白雲。

    ／ 天空中飄浮着一大堆白雲。

  (2) 秋天到了，一片片枯黃的樹葉緩慢地掉落地上。

    ／ 秋天到了，一片片枯黃的樹葉漸漸地掉落地上。

    ／ 秋天到了，一片片枯黃的樹葉輕飄飄地掉落地上。

  (3) 祖父聽説孫子遇到車禍，趕快趕去醫院。

    ／ 祖父聽説孫子遇到車禍，急急忙忙趕去醫院。

    ／ 祖父聽説孫子遇到車禍，迅速趕去醫院。

  (4) 勤勞的蜜蜂和蝴蝶自由自在地在花叢中玩耍。

    ／ 勤勞的蜜蜂和蝴蝶悠閒地在花叢中玩耍。

    ／ 勤勞的蜜蜂和蝴蝶飛東飛西在花叢中玩耍。

3. (1) ✗；頑固地➡堅定地

(2) ✗；勇敢的➡大膽的／無法無天的；果斷地➡迅速地

(3) ✓

(4) ✗；強烈➡熱烈

(5) ✓

句子練習3（P.122-123）

1. (1) ✗（前後矛盾，「估計」、「一定」二選其一）

(2) ✓

(3) ✗（前後矛盾，數學課本還沒買到，前面不能說教科書「都買到了」）

(4) ✗（前後矛盾，大霧的時候視野不清，駕駛時不能「迅速」衝過大霧）

(5) ✗（前後矛盾，「綿綿的」春雨表示雨勢很小，不會「嘩啦啦」地落下）

2. 答案僅供參考：

(1) 他唱歌比我唱得好。

(2) 公園的規則是不准遊人採花的。

(3) 我們在生日會上吃了蛋撻和蛋糕，喝了汽水和檸檬茶。

(4) 這家酒樓的生意很好，天天賓客盈門。

(5) 後園裏種了很多水果，有蘋果、梨、桃，還有蘿蔔、生菜等蔬菜。

句子練習4（P.136-137）

1. (1) A　　(2) B　　(3) B　　(4) A　　(5) B　　(6) A

2. (1) 小紅帽給奶奶吃了蛋糕。

(2) 他會天天給小貓咪喝牛奶。

(3) 發明家打算給大家一個驚喜。

(4) 今個星期天，我們到同學家去玩。

(5) 在我們熱情的挽留下，叔叔多住了幾天。

新雅中文教室
活捉錯語句

作　　者：宋詒瑞
插　　圖：山　貓
責任編輯：陳友娣
美術設計：蔡學彰
出　　版：新雅文化事業有限公司
　　　　　香港英皇道499號北角工業大廈18樓
　　　　　電話：（852）2138 7998
　　　　　傳真：（852）2597 4003
　　　　　網址：http://www.sunya.com.hk
　　　　　電郵：marketing@sunya.com.hk
發　　行：香港聯合書刊物流有限公司
　　　　　香港荃灣德士古道220-248號荃灣工業中心16樓
　　　　　電話：（852）2150 2100
　　　　　傳真：（852）2407 3062
　　　　　電郵：info@suplogistics.com.hk
印　　刷：中華商務彩色印刷有限公司
　　　　　香港新界大埔汀麗路36號
版　　次：二〇二一年六月初版

ISBN: 978-962-08-7795-7